LA plupart des titres assis sur des terres situées en Bretagne, ou portés par des familles de cette province, ont successivement disparu. On a vu s'éteindre les ducs de Retz, de la Meilleraye, de Coislin, de Montbazon, de la Vauguyon, de Sérent, les princes de Montauban, de Guémené, de Soubise, etc. A côté de tant de ruines, rien n'a été élevé, ni sous l'Empire, ni par la Restauration, ni depuis l'avénement de S. M. le Roi des Français.

Il est remarquable que de tous les titres de prince ou de duc, conférés par Napoléon, aucun ne le fut à des Bretons ; non qu'ils n'eussent très-bien servi, mais leurs sentiments n'étaient pas favorables au despotisme de l'Empire ; on les en punissait. Il faut cependant excepter Fouché de Nantes,

duc d'Otrante; mais son nom était en hor-
reur à sa patrie; son élévation fut pour elle
un outrage.

LL. MM. Louis XVIII et Charles X
créèrent plusieurs ducs, entre autres MM. de
Talleyrand, Decazes, de Blacas, de Crillon,
de Montesquiou, Charles de Damas, Mathieu
de Montmorency, de Caraman, de Rauzan, de
Sabran, de Rivière. L'autorisation d'accepter
des titres étrangers fut donnée à MM. de
Polignac, de Clermont-Tonnerre, Guignard
de Saint-Priest. S. M. Louis-Philippe a fait
ducs MM. de Marmier, Walsh de Serant;
aucun de ces noms n'appartient à la Bretagne.

Il serait équitable et judicieux d'appeler
enfin au partage des honneurs quelques-unes
des familles les plus considérables d'une con-
trée dont l'importance s'accroît chaque jour,
et qui depuis trop longtemps est restée étran-
gère à toute faveur.

A l'un des premiers rangs en Bretagne se
place la maison de la Moussaye. Des documents
authentiques la font sortir des anciens souverains de cette province (1).* La commission du

---

* Voyez les *Pièces justificatives*, page 9.

sceau des titres a reconnu, en 1829, que toutes les probabilités historiques sont en faveur
de cette descendance (11). Quoi qu'il en soit de
cette question généalogique, le nom de la
Moussaye se trouve mêlé depuis le XIII° siècle
à tous les événements remarquables dont la
Bretagne indépendante fut le théâtre. En 1267,
le comte de Richemont, le sire de Laval et
plusieurs autres seigneurs bretons prirent la
croix et s'illustrèrent en Terre Sainte par leurs
exploits. Parmi eux se trouvait Olivier, sire de
la Moussaye (*Voyez* les *Chroniques de Vitré*).
En 1372, Alain de la Moussaye, chevalier,
était un des principaux chefs de l'armée victo-
rieuse que le connétable du Guesclin conduisit
en Aquitaine. Alain devint capitaine de Rennes
en 1380, et ratifia en cette qualité le traité de
Guerrande, le 13 avril 1381, ainsi que Jean
et Guillaume de la Moussaye, chevaliers.
Raoul de la Moussaye, évêque de Dol et pri-
mat de Bretagne, exerça longtemps la princi-
pale influence dans les conseils du duc Pierre II.
En 1440, il fut envoyé en ambassade vers le
roi de France ; en 1451, il siégea au parlement
tenu à Vannes, immédiatement après le comte
de Richemont, héritier de la couronne. Il

mourut en 1456, lorsqu'il venait d'être dé-
signé cardinal, dignité qui fut conférée à Alain
de Coetivy, son successeur. Amaury, sire
de la Moussaye, chevalier, grand veneur de
Bretagne, gouverneur de Dinan, commanda
les armées des ducs Arthur III et François II.
En 1487, à la tête de trois mille hommes
seulement, il osa livrer aux Français la san-
glante bataille de Joué, qu'il perdit. Tous les
Bretons furent tués ou pris, à l'exception de
six cents hommes. Avec ces faibles débris, le
sire de la Moussaye se renferma dans Nantes,
et contribua puissamment à la défense de
cette place dont les Français furent contraints
de lever le siége. Rolland et Jean de la
Moussaye, chevaliers, compagnons d'armes
du connétable de Richemont, rendirent de
grands services à Charles VII, et enlevèrent
aux Anglais la ville et le château de Tours.
Geoffroy et Olivier de la Moussaye, chevaliers,
combattirent pour Charles de Blois, auquel ils
étaient attachés par les liens du sang, et furent
envoyés par lui vers le roi d'Angleterre en
1357, etc., etc. (*Voyez* les *Histoires de Bretagne,* par le Baud, dom Morice, dom Lo-
bineau).

Depuis la réunion de la Bretagne à la France, la maison de la Moussaye continua de suivre avec distinction la carrière des armes ; chaque génération fournit aux armées de terre et de mer un grand nombre d'officiers, dont quelques-uns parvinrent à des grades élevés : dans ses diverses branches, à dater de cette époque, on remarque :

Amaury II, sire de la Moussaye, chevalier, l'un des principaux seigneurs qui suivirent à la cour de France la reine Anne de Bretagne (*Histoire de Bretagne,* par dom Morice); Rolland de la Moussaye, dit le capitaine Rolland, dont, après plusieurs siècles, des traditions populaires en Bretagne célèbrent encore la vaillance ; Charles, sire de la Moussaye, comte de Plouer, vicomte de Tonquedec et de Pommerith, qui fut, ainsi que son fils Amaury, l'un des chefs des armées protestantes durant les guerres de religion (*Voyez* l'*Histoire de Louis XIII,* par le Vassor); François, baron de la Moussaye, lieutenant-général des armées du Roi, gouverneur de Stenay, l'un des plus fidèles compagnons d'armes du grand Condé (*Voyez* les *Mémoires de Condé, de Retz, de Tavanne,* etc.);

Amaury V, marquis de la Moussaye, comte
de Quintin et de Plouer, vicomte de Tonquedec et de Pommerith, baron de Nogent-
sur-Loir, lieutenant-général des armées du
Roi, qui servit avec un grand éclat en Alle-
magne, en Flandre, en Catalogne, principa-
lement aux batailles de Nordlingen, de Lens,
au siége de Lérida (*Voyez* le *Dictionnaire
des Batailles*, les *Vies de Turenne* et *de
Condé*, etc.) : il épousa Henriette de La Tour-
d'Auvergne, princesse de Sédan, fille du duc
de Bouillon, et d'Élisabeth de Nassau-Orange,
sœur du vicomte de Turenne et petite-fille
de Guillaume-le-Taciturne; François de la
Moussaye, commandant pour le Roi à Saint-
Domingue, qui survécut seul à cinq frères
tués dans la marine royale; Casimir, marquis
de la Moussaye, tué en 1795 au combat de
Landevan près Quiberon, après avoir, à la
tête d'un corps royaliste, soutenu longtemps
l'effort de l'armée républicaine (*Voyez* les
Mémoires de Vauban, de Villeneuve, etc.);
le comte Paul, et le vicomte Amaury de la
Moussaye, officiers supérieurs, cités glorieu-
sement dans les bulletins des campagnes d'Es-
pagne; Joseph, comte de la Moussaye, nommé

colonel à vingt-six ans sur le champ de bataille de Lutzen, etc. *

La terre de la Moussaye fut érigée en marquisat en 1615, et des lettres patentes du 7 mars 1818 ont confirmé pour le père du marquis de la Moussaye actuel ce titre héréditaire.

Le marquis de la Moussaye, pair, ministre de France à l'étranger durant vingt ans dans des résidences importantes, plusieurs fois député de la Bretagne, réunira encore, malgré les confiscations révolutionnaires, une fortune territoriale d'environ quatre millions. Souvent il a été question de lui conférer le titre de duc, ancienne prétention de sa famille. Déjà la commission du sceau a jugé convenable que ses armoiries fussent timbrées d'une couronne ducale.

Aux motifs qu'il peut faire valoir par lui-

---

* Durant quelques générations, le nom et les armes de la Moussaye furent portés par une branche de la maison de Goyon, dans laquelle la mort prématurée de Jacques, sire de la Moussaye, comte de Plouer, seigneur de Kergoet, de Plesguen, de la Rivière, de Pontual et de Touraude, avait fait entrer des biens considérables et de grands souvenirs. Jacques périt presque au sortir de l'enfance, dans un combat singulier.

même, se joignent ceux qui résultent de l'alliance qu'il a contractée. Madame de la Moussaye est aujourd'hui la seule personne existante du nom de la Rochefoucauld-Cousage, branche qui s'éteint, et qui est sortie du second fils de François, comte de la Rochefoucauld, prince de Marsillac, parrain du roi François Ier. La postérité du premier fils ne s'est perpétuée que par les femmes.

PIÈCES JUSTIFICATIVES.

I.

Le titre suivant, qui indique l'attache de la maison
de la Moussaye aux anciens comtes de Penthièvre,
est extrait de l'*Histoire de Bretagne*, par dom Morice,
tom. Ier *des Preuves*, page 1024.

VENTE FAITE AU VICOMTE DE ROHAN, PAR OLIVIER
DE LA MOUSSAYE, EN 1271.

« Universis, etc., Herveus de Bouteville tunc tem-
« poris senescallus nobilis viri domini Joanni, ducis
« Britanniæ, in Broerec et in Ploermel, salutem in
« Domino. Noverint quod *Oliverius de la Moussaye,*
« *Armiger, Primogenitus Guillelmi de Penthièvre,*
« in jure coram nobis constitutus, vendidit nobili viro
« Vice comiti de Rohan, militi, pratum quod vocatur
« magnum pratum de Usel, situm in eadem parochiâ,
« prout illud pratum metatur et dividitur inter pro-
« pinquius vadum molendini dicti Oliverii, et vetus
« fossatum quod descendit de illo vado ad aquam quæ
« vocatur Oust, cum terrâ arabili intrà dictum fossatum

« et dictam terram existente, dicto Vice comiti de Rohan
« et suis heredibus in perpetuum habendum, jure he-
« reditario, et possidendum, pro quadraginta libris
« monetæ curentis et venditionibus. De quibus quadra-
« ginta libris dictus Oliverius coram nobis tenuit se
« pro pagato, etc. Datum mense novembri, anno Do-
« mini millesimo c. c. septuagesimo primo. » — Titres
de Blein.

II.

LETTRE DU COMMISSAIRE DU ROI AU SCEAU DE FRANCE,
A M. LE MARQUIS DE LA MOUSSAYE.

Paris, le 20 juin 1829.

Monsieur le marquis, j'ai reçu la lettre que vous
m'avez fait l'honneur de m'écrire le 21 mai dernier,
et je l'ai mise sous les yeux de la commission du sceau,
ainsi que la note qui s'y trouvait jointe. Les titres in-
diqués dans cette note, et qui sont extraits des historiens les plus accrédités de la Bretagne, seraient en
effet de nature à établir l'attache de la maison de la
Moussaye à l'ancienne maison de Penthièvre, et justi-
fieraient de votre part la demande d'une ordonnance
royale qui statuât sur cette descendance. Mais pour
obtenir cette ordonnance, des formalités assez longues
sont nécessaires à remplir, et il faudra en suivre le

cours. Telle est la marche ordinaire, et tel est l'avis de la commission. Jusqu'à ce que ces formalités soient accomplies, la commission m'a paru disposée à croire qu'on ne mettrait point obstacle à ce que vos armoiries fussent timbrées d'une couronne semblable à celles que portaient les comtes de Penthièvre, *dont les probabilités historiques feraient au XIIᵉ siècle sortir votre maison.*

Agréez, etc.

Le conseiller d'État, Commissaire du Roi au sceau de France,

Signé comte DE PASTORET.

III.

NOTICE HISTORIQUE SUR LA MAISON DE PENTHIÈVRE.

L'ancienne maison de Penthièvre n'a aucune affinité avec M. le duc de Penthièvre, fils de M. le comte de Toulouse, prince légitimé de France. Cette maison rapporte son origine à Nominoé, qui, au IXᵉ siècle, gouvernait la Bretagne sous l'autorité, plutôt apparente que réelle, de Louis-le-Débonnaire, et qui descendait lui-même des anciens souverains du pays. Après la mort de Louis et le partage de ses États, Nominoé fit la guerre à Charles-le-Chauve, le vainquit, en 845, et redevint complétement indépendant.

Au commencement du xiie siècle, deux frères issus
de Nominoé, Alain III et Eudon, se disputèrent son
héritage. A la suite de plusieurs combats sanglants, le
bon droit l'emporta ; Alain, l'aîné, resta duc de Bretagne : Eudon eut pour apanage, sous la suzeraineté
de son frère, le pays appelé Domnonée, dont les terres,
dites de Penthièvre, où se trouvent les villes de Lamballe, Guingamp et Moncontour, forment une grande
partie. Ce nom prévalut pour la postérité d'Eudon ; il
eut six fils qualifiés comme lui comtes de Penthièvre,
et qui furent les princes les plus vaillants et les plus
renommés de leur temps.

Deux d'entre eux, Brient et Alain le Roux, prirent
une grande part à la conquête de l'Angleterre par Guillaume de Normandie. Après la mort de Hérald, Brient
défit complétement ses deux fils qui, à la tête d'une
armée venue d'Hibernie, avaient débarqué en Angleterre. Alain reçut de Guillaume le comté de Richemont,
situé dans la province d'York.

Cependant vers l'an 1200, la postérité du duc
Alain III s'était réduite à une princesse fille de la du-
chesse Constance et de Gui de Thouars, et héritière de
la couronne de Bretagne. La postérité d'Eudon était
représentée par Alain, comte de Penthièvre et de Treguier, qui avait plusieurs enfants de quatre mariages.
Les vœux de toute la Bretagne appelaient une alliance
entre Henri d'Avaugour, fils aîné d'Alain, et la princesse Alix ; ils furent fiancés en 1205.

Mais la politique de Philippe-Auguste s'alarma de la

puissance à laquelle la maison de Bretagne allait parvenir, par la réunion de deux branches longtemps divisées. Après avoir d'abord favorisé le mariage de Henri, il le rompit, et parvint à faire épouser Alix à Pierre de Dreux, issu du sang royal de France. A peine monté sur le trône, Pierre de Dreux, dit Mauclerc, s'attacha à persécuter la maison de Penthièvre qu'il dépouilla presque entièrement, et qui ne se releva plus.

Les historiens ne s'accordent pas sur le nombre des enfants qui naquirent des quatre mariages d'Alain, comte de Penthièvre et de Treguier. Voici ceux dont l'existence est positivement constatée.

1°. Henri seigneur d'Avaugour, fiancé à Alix de Bretagne. Déçu dans l'espoir d'épouser cette princesse, il contracta successivement deux mariages qui ne furent pas heureux. Succombant enfin sous le poids de l'adversité, il se fit religieux aux Cordeliers de Dinan, où il mourut dans une extrême vieillesse. Jeanne, arrière-petite-fille de Henri d'Avaugour, épousa en 1318 Gui de Bretagne, frère du duc Jean III ; de ce mariage sortit une fille unique qui épousa Charles de Châtillon, dit de Blois. Plusieurs branches cadettes d'Avaugour se sont formées ; toutes sont maintenant éteintes.

2°. Geoffroy qui reçut en partage la seigneurie de Quintin. Sa postérité s'éteignit après un petit nombre de générations.

3°. Guillaume, qui reçut en partage la seigneurie de la Moussaye près Lamballe. Il la transmit à son fils

Olivier qui en prit le nom. Ce dernier transigeant avec le vicomte de Rohan, en 1272, est qualifié *fils aîné de Guillaume de Penthièvre*. L'acte en latin qui constate cette descendance, est rapporté par dom Morice, tome 1 *des Preuves*, page 1024. L'origine de la maison de la Moussaye se trouve donc historiquement prouvée, indépendamment de tous les titres et des traditions de famille.

Les biens qui formaient le comté de Penthièvre, et que Pierre de Dreux avait usurpés, furent en vain réclamés par Henri d'Avaugour. Pierre Mauclerc trouva le moyen d'éluder toutes les sentences qui le condamnaient, et parvint à conserver ces biens; il les donna en dot à Yolande sa fille, femme de Hugues, comte de la Marche, de la maison de Lusignan. Le duc Jean Ier, fils de Pierre Mauclerc, les racheta de Yolande sa sœur, et le comté de Penthièvre fut rattaché à la couronne, jusqu'au temps de Charles de Blois. Ce prince ayant épousé la fille du frère puîné de Jean III, mort sans enfants, avait à sa succession des droits incontestables. Vaincu par le comte de Montfort, troisième frère du duc Jean III, Charles perdit la couronne, mais ses descendants conservèrent le comté de Penthièvre.

Par une suite d'alliances, ce comté passa successivement dans la maison de Brosse, dans la maison de Luxembourg, dans la maison de Lorraine-Mercœur, puis dans celle de Vendôme par le mariage de Françoise de Lorraine avec César de Vendôme, fils de Henri IV et de Gabrielle d'Estrées.

Penthièvre fut érigé en duché-pairie en faveur de Sébastien de Luxembourg, en 1569.

Louis de Vendôme, fils de César, n'ayant pas eu d'enfants de Marie, princesse de Condé, le duché de Penthièvre devint la propriété de madame la princesse de Conti, qui le vendit à M. le comte de Toulouse, père de M. le duc de Penthièvre, dont l'unique héritière a épousé M. le duc d'Orléans.

DE L'IMPRIMERIE DE CRAPELET,
RUE DE VAUGIRARD, N° 9.